단 하나의 장면을 위해

시와반시 기획시인선 011

단 하나의 장면을 위해

최세라 시집

시와반시

| 차 례 |

| 1부 |

사계似界 — 여름

부탁이야 내게 금지된 품목을 가져다 줘
미지근한 물에 담가놓은 듯 잘 익은 머루눈을 가
진 사람
멈춘 공기 속 혀와 살에서 화약 냄새가 나는 남
자를

배영

광대뼈 안쪽의 얼굴과 치골만 내놓고 떠오른다
검은 머리카락이 얼굴을 따라 동그랗게 헤엄친다
양팔을 엇갈려 몸을 꼭 끌어안으면 닫힌 짐승이 되
고 차디찬 조약돌을 만들기 위해 여름은 쏟아져 내
린다

지병의 주장도 사랑과 다를 게 없더라 꼭 너여야
만 한다는 것 오래 괴롭히는 사이가 되자는 것 지
나간 빗금들이 모여 비가 내린다 세상의 패닉과 무
질서와 혀를 조금 내밀고 죽어 있는 검은 개와 빨
간 사과와 그보다 더 빨간 배신을 넣고 끓였더니
내가 되었다 세상은 더 무질서해지고 미숙해졌다

계속 이 정도의 비가 내리고 있다

너는 시작한다 나의 호흡을

축 늘어진 생일 초를 한 손에 쥐고 노래 부르면

내가 일으킨 물보라 끝에 입술을 대고
누군가 자꾸 따라 불러

해피버쓰데이 투 허

먼 곳에서 불이 타오른다 무엇을 먹잇감으로 던
져줘야 저 불은 사그라들까

자정이 되면 물밑에서 동시에 헤엄치며 나를 지
켜보는 사람이 있다

모래에 젖는 꽃

모레, 라고 너는 말했다
왜 찌푸리며
너를 따라가지 않으려고 모래 위에 앉는다
왜 하필 나일까

그날은 사람이 많아 외로웠지

두서없는 대화처럼 불쑥 씨가 튀어나오는
작은 복수박을 너에게 준다

흐릿한 연두색 몸피에 옅은 줄무늬
싸인펜으로 진하게 평행선을 그어 봤자
정수리와 배꼽에서 만나고 마는 선

모른 척 해 줘, 너는 말했다
모레에 모른 척 해 줘

조화를 쥐고 있었다

진짜 꽃보다 더 진짜 같아
킬리안 향수를 남김없이 부어 줬다
남김없이 복수박의 표면을 타고 흘렀다

왜 하필 나일까

킬리안 향수와 복수박의 관계처럼
이 아픔과 평행하고 싶어

주소도 없이 통증이 몸을 찾아왔다

모래바람이 휘몰아치는 것 같아
모래가 닿는 자리마다 물이 고였다

왜 하필

기다리지도 않고
모레의 모래가 지금 이 자리에 몰아쳤다

백장미

나의 넋이 나가겠지
불땀을 빼며 자주 혹은 아주 가끔씩

물을 마실 때마다
컵 속에 너울거리는 혀가 한 잎 또 한 잎

아주 끝까지 색을 빼는 것이겠지
네 안에 너 자신이 결핍돼 있는 것처럼
내 혀로 사랑을 부정하며 살아 왔다

불에서 걸어 나온 것들만 꽃이 되는 건 아니야

마지막 연탄불을 들어내는 날
숨이 턱 막히게 눈이 쌓인다면
그런 걸 꽃이라 부른다면
꽤나 괜찮게 동면하는 것 혹은 죽어가는 것

아픔은 평등하지 않아

온몸에 돋친 가시로 눈을 가릴 때

목 위로 새하얗게 질리고 그 밑에 피가 고이는

순간을

사랑합니다 사랑합니다만 그래서 어쩌란 말인가요

내가 완벽했다면 당신을 사랑하겠습니까

우아하게 지는 법, 그게 일생 도달해야 할 지점

인지도 모르죠

원앙침

나의 어둠이 끊임없이 당신에게 흘러들고 있는데
당신 이마가 빛나는 것은 미스테리한 일이다
우리 얘기를 엿들으려고 전봇대에 귀가 돋는 밤

녹슨 기차 한 칸이 레일을 벗어나 머리맡에 엎드
린다

낡은 광목의 달빛에 차폭이 휘감기는 동안 몇 땀
의 바느질로 우리의 동떨어진 과거를 이어 붙인다
손가락마다 실오라기로 솟구치는 피를 꽃이라고
불러본다 빈 무덤처럼 골무가 나뒹구는 자리에 앞
산을 소나무를 마주보는 새를 수놓고 아무렇게나
벗어 던진 한 쌍의 그림자도 객실에 태운 채

당신 고개 밑으로 녹슨 기차를 밀어 준다
잠을 잊은 새들이 환한 밤을 엿보려고 왁자한 사
이

함께 누운 베개에 머리카락이 섞이는 일은

우리의 이력이 뒤얽혀 발바닥을 잃는 것

　나의 귀에서 당신의 귀로 기차가 터널을 통과하
는 것이다

말더듬이의 사랑

입속에 귀가 들어 있다 귀에는 지친 당신의 전언이 종달새처럼 날개를 접고 앉아 있다 이제 보온도시락 뚜껑처럼 윗입술과 아랫입술이 맞닿아 잠기는 것은 말의 온기를 빼앗길까 웅크리는 일 아니면 부그르르 끓어 넘치는 낱말을 외면하며 기꺼이 내가 말라 죽는 일

그러는 동안에도 혀의 기척은 새의 자유를 꿈꾸는 것이어서
종달새를 꺼내 무릎에 앉혀 보곤 한다

깃털마다 맥박 뛰는 새 한 마리 훔쳐다 가둬 버린
두 손을 감당할 수 없어 혈을 짚지도 못해
조용히 성당에 앉아 내 심장만 뜯는다
피가 드문드문 내리는 자정 무렵이면
바닥에 닿은 귀가 가려워진 당신은

잠결에 옆자리를 더듬어 보는 습관처럼
거기 없는 나를 먼 데서 찾을 것이다

노래 대신 깃털이 빠져나가는 작은 새처럼
미사포 쓴 채 이교도의 신전으로 들어가는 사람
처럼

장미 무늬목

헛되고 아름답습니다

툇마루에 걸터앉아
차츰 흐려지는

당신은 무늬목을 닮았습니다 복사뼈며 팔꿈치며
무릎에 새겨진 나뭇결을 보세요 둥그런 목젖에도
무늬가 둘러싸이고 가시넝쿨마다 목덜미를 휘감습
니다

튀어나온 것들은 죄다 장미목을 닮아서 귓바퀴
며 지문이며 배꼽을 문지르게 만들지요 나사가 자
유롭게 들어갔다 나온 것처럼 입구가 넓고 퉁박한
것들이 내 눈을 찌릅니다

가시를 지나 가시를 지나서
장미 속으로

사다리꼴 장식 끈을 당겨서 불을 켜면
아직 이관되지 않은 여름이 소리내 웃고

불을 넘어 불을 넘어서
꽃 바깥으로
가시넝쿨을 점점 잡아당기면
엉치에 들어박히는 날선 번개들

중심으로부터 끝없이 에두르는 불꽃을 꺼도

재에서 나와 불 속으로 들어간 사람이
온몸에 가시가 타오르며 튀쳐나오던

장미의 무늬
그곳의 나무마다 제 옹이에 담아 기억하고 있습
니다

꽃 지는 순간 일제히 피어오르는 무늬목 장미

네온드 아이

담배를 툭 치면 불붙은 재가 허공을 날았다
당신 눈앞에 반딧불이가 오래 멈춰 있다

구름이었던 적 있냐고 묻는다면
폭우 속으로 모시고 가겠다
지금은

가까스로 넘어지는 2시 11분
34분엔 편지를 완성하고 36분에 우편함에 넣어
야지
　행인들이 즐거운 껌을 씹으며 자신의 눈물자국
을 숨기는 걸
　모르는 척 해야지

　물은 보폭이 좁고 다정하죠
　그러나 언제나와 마찬가지로 많은 물은 조심해
야 해

당신에게 안부를 적으면서 주의사항을 곁들인다
삶은 콩껍질이 곁들여진 돈까스 요리처럼

이제 나는 갈색 소스처럼 사라지려 해
보리국수를 삶을 때 차가운 물을 두 번 부으면
저녁이 오듯
조금은 단단하고 서러운 신발을 끌며 무음모드
로 변환되지

함께 찍은 사진마다 눈이 붉었다

빈말

　당신의 그 말은 동굴처럼 텅 비어 있어서 거기
기어들어가 성냥 두 개를 버리고 들메추라기를 구
워먹었습니다 천장에서 떨어지는 물을 받아 괭이
세수하고 납작한 돌 위에 드러눕자 제법 제단에 바
쳐진 짐승 같았습니다 당신은 돌아오지 않고, 않았
고, 않을 것입니다 부질없이 사라진 열기에 몸 맡
기며 넋을 놓으면 잡힐 듯 눈앞을 날아가는 흰 나
비, 없는 당신을 마중 가는 모양입니다

전염병

우주는 검은 잇몸이고 어금니 모양의 별들이 박
혀 있다
거기 어느 하나에 나는 치실로 연결되어 있어 움
직일 때면 무른 잇몸의
상처로 노을이 번졌다

지는 꽃처럼 웃음을 거두며
보리차와 치약과 네일 리무버를
장바구니에 담던 사람이
계산 마친 캔커피를 주머니에 찔러 준다

노란 물이 번진 하얀 치마 입은 나를
당신은
세제와 간장, 라면, 향초와 볼펜으로 가득한 장
바구니만큼
아껴 준다

그러나

당신의 마음은 맨 아래 칸이 비어 있는 서랍장

같아서

왈칵 무너지는 순간이 있다고 했다

어느순간 이 상태가 끝날까 봐 두렵다면

우리는 전염병 같은 관계

당신이 코 밑을 긁을 때 같은 동작을 한다

검은 얼음장이 풀린다

끝자락이 비린 비 내린다

고인 물에 지문을 주고 우리는 아무런 소용돌이

도 갖지 않은 채 길을 나선다

버리지 못한 날은 울지 못했다

비를 맞을 때면 몸속 깊은 곳으로부터
순은의 점이 피부 위로 떠오르는 것 같아

따지 않은 사이다 병을 오래오래 흔들었다

그 무렵 나는 달빛공장에 다녔다
달빛을 원료로 바람과 안개를 만들었다
구름을 만들 때는
당신의 그늘을 얻기 위해 하루종일 뒤를 밟는 공
정이 추가되었다

당신의 웃음을 원료로 달빛을 만드는 공정도 있
었는데
그 공장은 먼 미래에만 있었다

로션을 바꿀 때가 됐어
병 속에 있는 것들은 하나같이 빨리 사라지지

서랍을 열고 이미 지난 일을 끄집어낼 때마다
당신은 병 속으로 스며들곤 했다

자고 나면 별것도 아닌 어제들이 왜 베란다에 쌓
이는지
묻는 날들이었다
식은 별이 손바닥에 넘쳐나 아무것도
버리지 못한 날이면

춤을 피할 수 없는 밤이 시작되었다

그는 이곳이 지옥이라고 말했다

그 말이 귓등을 스치는 동안 편백나무 훈풍이 돛
처럼 부풀어 올랐고 빵은 알맞게 익어 갔다 우리
발치에 젊은 골든 리트리버가 엎드려 있었다

어디에도 있는 부재를 염려하지 말아요
같은 장면에서 두 번 울지도 말아요 겉껍질이 알
맞게 바스라지는 바게트가 좋아요 쾨헬 넘버 581,
모차르트를 좋아하나요? 대리석 식탁 위에 팔꿈치
를 얹은 채 주파수를 맞췄다 그의 눈 속에서 화분
이 녹고 있었다 젊은 택배사원이 오늘 주문한 물건
을 배달하고 총총 사라졌다

문지르면 파랗게 번지는 새벽하늘이 좋잖아요
당신이 나 있는 데를 표시하느라 손톱으로 누른
자리가 초승달로 돋는 것도

우리를 위해 웃어 줄 수 있죠?

그는 내가 묻는 말에 대답하지 않았다

전날의 빈잔 내일의 빵 이런 것들은 미지의 영역
일 뿐
혼자서 외롭게 싸우는 법이 전승되는 마을은 잊
어요

문득 의자가 그를 외롭게 만든 건 아닌지 의심이
들었다
그가 앉은 의자는 나의 물소가죽 소파와 반대 방
향으로 놓여 있었다

이곳은 지옥이야, 와서 내 무릎에 앉아 봐

나는 은제 귀이개로 물먹은 공기를 건드렸다
개가 느리게 짖기 시작했다
그는 아직 내가 묻는 말에 대답하지 않았다

서번트 신드롬

종이를 펼치면 이면지 아닌 게 없어
눌린 자국이 있지 하얗고 설원 같은 것

그것은 이미 기록된 배경을 지니고 태어난 자
바깥 고리가 안쪽 고리를 물며 팽팽해지고

나는 다가갈 수 없죠

뒷면이 사용된 종이란 후춧가루가 붙은 설탕
거짓 상표를 붙여 진열해 놓은 헌옷

어제의 반복으로 하얗게 질려 버리는 오늘

아무것도 기록하지 않은 채 눈 맞춰도 될까요
울컥 엎질러진 물이라서, 우리
뒷면의 글자들이 투명하게 증발해 가고

이번 생은 아무것도 하지 않기 아니면
부서지도록 건반을 두드려 피아노를 치워 버리기
그리하여 다음 생이라는 저주를 간신히 피하기

세상에 기록되지 않아야 해요 안으로 물을 가둔
늪처럼 저수지처럼

살얼음처럼 첨예히 반복되는 어제를 편애하기로
해요

그래, 나는 다가갈 수 없죠

등에 모르는 나라의 지도가 가득 새겨진 슬라브
여자처럼
뜨겁고 벨벳 같은 한 송이 꽃을 그러쥔 채로

사이다 병 조각이 박힌 담장

당신은 나의 담장을 빌려서 다시 도둑고양이 두 마리에게 빌려주었습니다 그러느라 담장 위에 꽂힌 칠성사이다 병 조각은 모조리 깨어져 나가고 내 집의 망치와 끌과 사다리는 골목 밖에 널브러졌어요 나는 비린 조기를 훔쳐 온 고양이들에게서 고단한 입 냄새를 임차료로 받았습니다 밤에 정전이 찾아온다면 가로등 대신 병 조각 대신 별들이 담장 위에 박힐 테지요 당신은 내게 그것들을 조금 떼어 줄 테지만 나는 우리 사이에 잠깐 담 없었음만이 무한히도 기뻐서 밤새 한 걸음도 걸어나가지 않고 컴컴한 안구 뒤로 기꺼이 침몰할 것입니다

| 2부 |

사계似界 — 겨울

눈꺼풀에 바세린을 바른다
바세린은 안티푸라민과 따뜻한 밥풀 사이에 살
아서
착하고 흐린 식물

가느다란 별빛처럼 무를 채썰어 먹었다
남은 무를 잘게 다져 뿌리던 너는
비가 눈이 되는 아픔은 칼날에 달려 있다는 말을
내내 아껴 두었다
숫돌에 갈 때가 지난 하늘이
검푸른 칼등을 보이며 물러나고 있었다
눈꺼풀에 바세린을 바른다
젖은 눈곱이 가생이로 밀려나고

이 밤의 어둠이라도 우겨넣지 않고는 견딜 수 없는
허기가 밀려와서

그날 너의 손을 놓아야 했다 들린 홑이불처럼 분명하고 네 귀가 반듯하던 그날

툰드라의 아침

　얼어붙은 꽃대를 놓아 주는 일에 대해 소문이 돌
았다 흐르는 얼음이 오른발로부터 왼발을 멀리 떨
어뜨리자 발바닥에 실금이 돋기 시작했다

　당신은 물범 가죽배에 언 고기를 펼쳐 널고 나는
숟가락으로 카펫 표면을 긁어냈다 드럼통에 목욕
물을 끓이면 이누잇이 버리고 간 움막 속에 춤추는
얼음이 기둥으로 서 있었다 오래 겨누던 칼끝이 얼
음이었음을 발견하자 칼집 안으로 물이 고여들었
고 우리는 손을 잡은 채 멀리 달려가 갑자기 녹
는 빙벽에 직면하곤 했다

　빙벽에 갇힌 나를 끌어내면 서서히 당신이 녹아
내렸다 발바닥 밑으로 뻗는 실금들이 대지로 전파
되고 있었다 간질간질한 물결이 실뿌리를 밀어줄
때 나무들은 더 멀고 깊숙한 곳으로 이주했고 땅에
엎드려 가만히 뱀 구멍을 막으면 들판이 피리 소리

를 내면서 새로운 꽃대를 밀어냈다

눈이 빨간 물고기를 두어 마리 몸속에 버렸다 가
려운 팔뚝 위로 툰드라의 꽃들이 피어나고 있었다

눈

눈, 눈이 온다
하얀 펜으로 끄적인 마침표의 눈
메주에 엉겨붙은 누룩 곰팡이의 눈
시취에 배인 병원 시트의 눈
눈 위로 눈 온다
와서 연탄재에 덮인다
연탄재는 푹 꺼진 얼굴 거죽의 색깔
쌓인 연탄재에 피부를 주고 굳어가는 남자의 손
바닥에 온다
온다 이렇게 눈,
눈이 오는데 가야만 하는 것들
눈꽃 한 조각 못 얻어먹고 죽어가는 삼색 고양이
의
가쁜 숨 위에도 온다
펑 펑 눈알이 피범벅으로 터지며 온다 이렇게 눈
이 오는데
가기 위해 아주 가버리기 위해 오는 것들

검은자는 하나도 없이 흰자위만 흡뜬
눈 속으로 눈, 눈이 온다

바람인형

손가락 끝마다 바람을 토하는 것이다

안쪽에서 채혈바늘이 빗발친다
피 다음엔 바람이지, 서서히 목이 졸리는 오늘의
부재

목을 움키면 입을 통하지 않고도 링 모양의 파란
연기가 눈가로 번진다

빈혈의 사체가 발치에 쌓여 가는 것이다
먹구름 속 별 하나가 나를 쥔 채 술 마시는 날이
면

당신은 여전히 두드리나요
링 모양 사탕이 목구멍에 걸릴 때마다
당신 팔에 기대어 누워도 될까요

바람이 전부 무너질 때까지, 라고 끝까지 피를
빼며 묻는 것이다

  손끝마다 토한 바람이 코너를 부른다
  몸부림이 춤으로 보이는 단계로 접어들기 위해

  춤추면 지그재그로 무너질 수 있어 기쁘게 여기
는 것이다
  거리 한쪽으로 개켜지면 행인을 치울 수 있어 다
행이라고 속삭이는 것이다

알비노

　　— 어떤 이야기는 결코 끝나지 않고 하얗게 귓
　　바퀴를 맴돈다 –

　벽장 속을 걸었습니다 자작나무 갈림길은 너무
나 정직해서 빨간 눈을 숨겨야 했어요 모든 충혈된
눈들이 결백을 주장하지 않아도 되는 술집을 알고
있습니까?

　모든 것이 눈부셔요 그러나 커튼을 치진 말아 주
세요
　살면서 빛나 본 적 없는 사람은 별이 되어 빛난
다는군요

　당신과는 이야기였습니다
　좋은 결말로 가고 싶었지만요
　비 맞고 가는 사람을 위해 우산을 다 버리고
　당신이 찾아왔는데
　거대한 잿빛 자루가 하늘을 뒤덮더니
　주둥이 묶인 개의 침처럼 격한 비가 사방으로 튀
었어요

기척 없이 옷에 묻는 백묵처럼
빨간 눈을 숨깁니다
초록빛 알약을 삼키면 내 심장에 풀물 번지는 게
보이나요

풀빛이 연두가
바다색이 좋아요

색깔이 사라지면 하얀 어둠이 밀려오고
오늘은 모든 바닷물이 들어가고 싶어 하는 한 알
의 은모래
녹슨 난간에 매달려

우리는 그때 대단한 사건을 보는 것처럼 단 한
송이의 눈을 보았습니다 투명한 물방울 속에서 하
얀 뿔이 뻗어나오는 것을 그리고 그것이 눈의 결정
을 이룰 때까지 서서히 하양을 뿜어내는 것을

모든 게 눈부시군요 그러나 이제 커튼은 떼어 버
려요
어디서나 눈에 띄는 당신은
알비노
내 옷에 묻는

눈이 부신 건가요 시력을 잃는 건가요

아무래도 쉽지 않지요 이 벽장 속을 다 걸을 때
까지 갈림길은 너무나 정직해서

겨울 화분

먹지 위에 끝없이 번지는 단 하나의 흰 점이 있다

그 다음 흰 점 다음의 흰 점 입김이 하얀
우리의 젖힌 얼굴 가득 뜻밖의 눈보라
종일 들이치고 있다

베란다를 치고 들어와 오래 윙윙거린다

네모 화분처럼
창문 없고 통이 좁은 방, 침대에 몸을 반쯤 일으
켜 앉은 채
당신은 매일 이야기를 시작했지

34쪽에 조용하고 참혹하고 기다리는 새가 살아

우리가 알지 못하지만 우리와 무관하지 않은 이
야기

한 페이지를 이해하기 위해 앞 뒷장을 반복적으
로 넘겨야 하는
눈보라 눈보라
종일 몰아치지 않는 날이 없었지

화분에서 데친 미나리 같은 게 돋았지만

서성이던 눈보라가 뿌리까지 파고들었다
누군가에게 너덜너덜해질 때까지 읽히고 돌아온
당신은

흙냄새가 푸슬푸슬 흩날리는 방, 침대에 몸을 더
욱 눕힌 채
34쪽의 그 다음 이야기를 들려주었지

조화와 조화 사이
죽은 사람들이 사는 공동묘지가 있어

거기 조화를 훔쳐 조문객에게 파는 소녀가 잠자
고 있지
맨발부터 잠들어 심장은 가장 늦게 잠들지

오래 전에 몇 부 나간 책이지만
너에게만 읽히고 싶어
초대받지 못 한 눈보라처럼 들이치고 싶어

우리가 알지 못하지만 우리와 무관하지 않은 세계
윙윙거리며 베란다를 질주하는 눈보라 소리
조화와 조화 사이

그러나 당신은 완전히 눕는구나
하얗게 절판되는구나
하얗게 절판된 당신이 내 눈 속의 뿌리까지 자꾸
파고들어와

당신이 심지 않았지만 꽃피웠던 나의 작은 방으로

조용한 측백나무의 바람

여기 없는 것들의 연주를 듣는 중이야
조용히 이빨이 엇갈리는 소리
늦은 것들이 아주 늦어서
오지 않는 소리
기다리던 것들이 마침내 돌아설 때

이미 늦고 언제나 기다리던 냄비를 내려놓지만
들끓던 소리는 어떻게 싸늘히 식은 냄비로 바뀌
는 걸까

우린 높은음자리에서 낮은음자리까지 한 번에
떨어지는 소리이고

아침에 본 측백나무가 그대로 있다는 문장과
측백나무 밑으로 어떤 다행이고 싶다는 바람과

걸핏하면 창을 흔들어 깨우는 지병과

내가 남 몰래 만나 키스하는 눈 먼 부엉이와
부엉이의 시야를 통과한 혀가 뒤통수를 힘껏 끌
어안는
소리까지

서로의 발톱을 깎아 주며 귀 기울이는 내내

컴컴한 소리의 계단이 한 칸 한 칸 올라오곤 하지
여기 없는 것들에 대한 익숙한 연주에 붉게 녹슬
곤 하지
그런데 이상한 일이야 우리가 발톱 깎는 소리는
하나도 들리지 않아

사라지는 모든 것은 가장자리로부터

나의 뒤에서 내리는 눈은
부작용 같은 하루를 떠메고 날아가는 긴 긴 어지
러움

혀 밑에서 마이신 껍데기가 녹는다
잊은 꽃이 나타나기로 한 봄의 어귀까지 왔는데

하루만 살고 말 것처럼

사랑은 늘 어디까지 벗어 던질 수 있는가 묻기만
한다
부레를 삼키는 날들이다 물의 표면 어딘가 아슴
푸레
불확실한 날들이다

물을 놓아주는 우수에
녹았던 것을 다시 얼리지 않아도 되는 우수에

홀씨를 가득 품은 흙들이 여기저기서 무너져 내
린다
사라지는 모든 것들은 가장자리로부터
어깨를 움츠리고 보고만 있다

처음의 끝과 마지막의 시작들
차가운 얼음장 아래 살점이 허는 맥없는 물고기
처럼
혀 밑에서 녹아 가는 온갖 약의 껍질들

언제쯤 뱉을 수 있을까요
곧 나에게 처방되지 않은 싸락눈이 혀에 닿을 텐
데요

푸른 벨벳 드레스를 비집고 달아나는
아픈 등지느러미처럼

손가락을 펼치면 우수의 눈이 스치며 떨며 사라
져 간다

울새를 다스릴 순 없네

난 너의 옆모습이다 두려워서 언덕이었다 너는
내 모습의 두 배, 왼쪽만 두 배, 아무 씨의 오후가
울새의 울음과 함께 흘러가는 걸 바라보며

반짝이는 것들의 어둠은 다 어디로 갔습니까
아무 씨의 손 마디에는 마침표가 없고
서술어와
주어의 자리가 바뀌는데

흘려 쓴 글씨 같고
모조 백에 이미테이션 알반지를 낀 나는
별명 씨와 아무 씨와 무명 씨의 산책로에 서서
목적어를
입술에 입술이 닿아 살갗이 새까맣게 타 버리는
키스를

그러니까 너의 왼쪽과 왼쪽이

그러니까 내 전부의 두 배가

멈춰 서야 하는 이유 하지만
울새의 울음은 결코 멈추지 않아

이 길을 밟지 않고 지나가는 방법은 없을까요

하얀 홑이불을 걷어 가는 겨울이 다가오는데

울새는 울리지 않고서 말이죠

귀신의 집

　등이 찌르는 대로 걸어가다 복도에 들어선다 복도엔 반들반들한 바닥이 있다 어리비치는 내 얼굴은 언제부터 이렇게 길었을까 복도에서 멈출 수만 있다면 복도가 나를 지나가도 좋아 복도는 양 손에 창문과 교실문을 검은 봉지처럼 들고 있다 어느 순간에 너는 나를 꺼냈을까

　복도가 있었다
　창 너머 멈추지 않는 풍경이 있고 아무리 내리쳐도
　판판해지지 못 하는 굽은 못들이 박혀 있고

　네가 한쪽 무릎을 꿇고 양초로 바닥을 문지르는
내내
　외로움에 혼자서 길어지는 너를 지켜보고만 있
었지
　너의 손은 멈출 줄 몰라서

복도가 길어지고
못들이 더욱 더 튀어나오고
한 번도 불 붙이지 않은 초가 사라져 버리고
네 손 안엔 기진맥진한 심지만 남아 있었지

그들은 떠났어 손에 들고 있는 돌을 버리기 위해
열리지 않는 너를 깨뜨리고 너의 파편을 밟고 멈추
지 않고 지나갔어 그들이 뱉은 면도날이 퍼지며 새
벽이 왔는데

오래된 걸상에 앉지 않으려는 의지만이
마지막 손금을 이루는 심지만이

너를 붙들고 있었어 그날 너의 얼굴엔 눈동자 대신
두 개의 검은 물방울이 붙박혀 있었지 증발하지도
굴러 떨어지지도 없어지지도 않았지

지나가는 복도를 멈출 수 없어

한 발 더 깊숙이 들어온 복도가 나를 다 빠져나

갈 때까지

진흙인형

어떻게 받아들여야 이 가난이 편해질까 회색 루
스핏 셔츠처럼 할랑하고 부드럽고 적당히 따뜻할
수 있을까 입은 지 얼마쯤 지나서야 체취가 스며들
기 시작하는 셔츠처럼

몸에 걸쳤지만
나를 놓아 주는 이 옷처럼 편안하게 낡을 수만
있다면

마마 잊어 주세요
날 사랑한 적 없으시잖아요
나는 부풀고 있어요
검은 물풀 같은 머리카락이 너울거려요
저것들을 잡기엔 나로부터
내가 너무 멀어
바닥에 발이 닿을 듯 닿을 듯
말해 주지 않을 거죠 이 바닥이 뻘이라는 거
파파 날 미워하잖아요

누군가 흙투성이에 그물을 던져
내 손목을 포획할 때
어떤 자세를 취해야 퀭한 눈을 감출 수 있을지
그것만 얘기하고 떠나 주세요

말하지 않겠죠 벗어날 수 없는 뻘 속에서
말할 수 없겠죠
터지거나 갈라지는 것조차 못 하는 거겠죠

포르테 아 포르테
— 비탈에 묶인 염소에 대한 전언 1

길바닥을 씹어먹는 파쇄기처럼

나는 종이를 씹는다

덩어리덩어리 뒤로 쏟아낸다

파쇄된 아스팔트 길이 굴러떨어져

눅진하게 발 끝에 걸려 있는

나에 대한 사용설명서

따위

끝내 당신을 파쇄하지는 못할 거라는

오만

한

미소까지

버팅기는 완강한 힘과

휘어진 뿔로 당신의 직선 길을

철저히 썰

고 씹

고 삼켜주마

나는 흰자위 없는 노란 눈알을 깜박이지도 않고

당신을 노려본다 보는 것만으로 죽일 수 있다는
믿음으로 철저한 믿음으로
만면에 띤 당신의 웃음을 멍석처럼 말고 있다
땡볕 언덕에 묶인 채 서 있는 건 내가 아니라
내가 아니라 당신이 박아놓은 녹슨 말뚝

붙박힌 자리를 계속 들이받으며
내게 묶인 말뚝을
철
저히 뒤
흔든
다 무릎 꿇어본 적이 없는 다리로
아무것도 원하지 않는 부동의 자세로

그리고 땅은 천천히 염소를 뽑아올렸다

포르노 오 포르노
　　― 비탈에 묶인 염소에 대한 전언 2

손 내밀면 새가 떠난다

후두두 비 오고
고인 물에 새의 날개가 스민다
수면이 떨린다

매캐한 저녁이 목울대를 울리고
내 추운 언덕 아래 불 때는 사람들이
하나
도
빠짐없이 울음소리에 귀기울인다 비로소
안심하며 내 울음을 덮고 자는

나는 보여지는 자
모든 사람이 검지손가락으로 뒤적이는 자
유리 마루에 올라가 나체로 춤을 추는 동안
희번득 눈알을 굴리는 관객들

에게

슬픔으로 퀼팅된 웃음을 파는 자

나는 벽의 무늬에 양파를 밀어넣은 적이 있다

숨겨둔 벽지를 씹

으며 씹으

며

예언이 될까봐 하지 못한 말

울음소리도 화석으로 굳어가는 돌 속의 새를

덩어리덩어리 뒤로 쏟아낸다 이제

새들과 마주치지 않아도 좋을 종점에서

천천히 기뻐지는 소식처럼 나를 죽여줘요

나는 기울어진 언덕에 말뚝박힌 자

어디서나 보여지는 자

울지 않으면 그들은 내게 돌을 던지죠
내가 울어야만 먹이를 주고
내가 선사한 예쁜 꽃
은
하나도 받지 않아요

손 내밀면 나에게서
애먼 내가 무수히 빠져나가고

그리고 땅은 천천히 염소를 뿜어올렸다

| 3부 |

사계似界 — 가을

　거울의 등을 두들긴다 뱀이 토해낸 듯 귀때기가 빨갛고 온몸이 독에 불은 새가 튀어나와 제 깃털을 하나씩 뽑아 던지며 가생이에 운다 가을은 거울에 손을 넣어 더 많은 새를 꺼낼 수 있어서 인간과는 다른 계절 수없이 반복되는 음악이 텅 빈 제 몸을 만지는 순간 비가 온다

　이런 날 너는 판이 튀듯 오래 반복되는 음색 어쩌면 바닥에 닿아 빗물이 튄다 물 튀김이 희미하게 퍼진다 퍼져서 복사뼈로 밀려든다 너는 속삭인다 비둘기가 비보다 먼저 떨어져

　너는 다음 말을 찾는다 너는 무슨 말로 이어야 하나
　독니를 붙들어 줘 거울이 멈출 수 있게

　거울의 앞면은 끊긴 물 흐르지도 떨어지지도 않

는 물 가을은 악어에서 나무껍질까지 매끈하게 비
쳐 주고 네가 손뼘으로 나의 우는 뺨을 재는 동안

  어쩌면 단풍은 밤새 어둠의 불티를 뒤적이는 중
이다

초행

　여기가 어딘가요 옆사람에게 물었다
　끝없이 블루가 칠해진 밑으로 너는 종일 노랗게
지나갑니다

　여기가 어디죠 옆사람이 옆사람에게 물었다
　서로의 주머니에 넣었다 뺀 손이 아이스바처럼
네모지게 반짝입니다

　여기가 어딘가요 옆옆사람이 옆사람에게 물었다
　놋요강에 뙤약볕 같은 오줌을 누고

　여기가 어딘가요
　홍수났어요 불어나고 넘쳐나는 내가 똑같은 상
황의 타인을 만나는 것
　여기가 어디죠

복면

어떤 밤엔 어둠을 턱까지만 당겨 쓰고
나는 나도 모르는 범인이 되어 별자리를 털고 다
닌다
당신의 꿈자리에 채워 넣을 크고 단단한 물방울
을 훔치기 위해
내 존재를 위협하며 담을 넘는다

내가 땅에 묻으면 또 나오고 또 나오는 당신
별똥별과 소원을 가리고 막으면 내 귀를 먹는 당신
내 귀가 당신을 먹는 당신

볕도 없이 흐린 낮엔
당신에게 웃음을 가져다주려고 광택을 훔치러
나선다
하늘에서 출발한 새와 땅으로 가려는 새가 나란
해지는 지점에
도화선으로나 누워서

먼 발치로부터 타닥타닥 달려오는 불꽃에 나를
다 내어준다

도화선에 연결된 당신의 심장

우리 안의 별들이 폭발하는 소리

나는 당신이 사랑하지 않는 당신을 사랑한다

당신을 잊는 습관이 있다

아무렇지 않은 각별함으로 도화지를 편다

누군가를 잊지 못한다는 것은
그 집에 볼펜을 두고 나왔다는 것

당신은 그것을 대체 어디에 두었는지
그리다 만 이야기를 완성하기 위해선 그 볼펜이
꼭 필요한데

이곳은 레고처럼 맞춤한 세계
딱 들어맞는 세계
하얀 레고 나무가 서 있는 풍경 속에 들어가

모르는 사람의 대형견과 함께 살아 보는 것
비오는 날 몰래 물을 흘려보내 보는 것
이런 일들에 나는 익숙해져야 할 때입니다

나는 나무 대신 나무가 되고 싶어요

멀찍이 혼자 있을 때 머리카락 사이로 야맹증을 앓는 새들이 날아다니고 나는 등에 뭇별을 가득 지고 있는 나무, 수도꼭지 틀어놓고 인디고블루 굳은 물감을 붓으로 씻어내는 온몸의 나무, 그러나 팔레트 바닥에 여전히 얼룩이 남아 있어

당신의 입술에서 하얀 문장이 날아갑니다
두 줄로 눕혀둔 노란 튜브처럼 알맞게 짝지을 수 있겠습니까

당신은 당신 대신 내가 되고 싶어요

북방부전나비 떼

당신이 철필로 새기던 향나무 목판은 귀먹은 쥐
가 쏠아 먹고 그 쥐를 누룩뱀이 삼키고 엉킨 별들
이 떨어지고 그 자리에 철필 같은 새 별이 돋아 궁
남지의 연꽃을 다 지울 때까지 날개 있는 것들을
날리고 또 날리고 마침내 열 손가락 손톱마저 먼
별 되어 사라질 즈음 나는 누구를 위해 끝까지 우
는 것, 운다는 것

자줏빛 점이 있는 거울

유리창에 뺨을 댄다
차가운 유리는 소주를 마시는 애인 같고
당신의 애기는 높고 뾰족하고 사과를 경험한 칼
같았지만

표면으로만 대하지 못한 죄가 깊어
코를 오른뺨을 유리창에 댄다

막막한 눈동자의 세계로 들어가기 위해 귀를 버
리면
목백일홍과 어린 새의 부리도 암흑으로 드리워져
어쩔 수 없이 나는 또 나와 마주치는 저녁

당신이 죽을 듯 품는 나와 죽일 듯 미는 나는 무
엇이 다른가

아무것도 비추지 않는 거울이 있다면

뒷면 가득 당신이 암흑으로 드리워진 것

밤마다 표면으로 불러내어
입술도 따라 하고 눈도 따라 하고
손과 귓속과 발바닥에 겹쳐도 보고
내가 나인 척 하고

그래도 기억나지 않는 자리엔 목백일홍 꽃잎이
붙어
누가 앞에 서도 끝끝내 비추지 않을

거울, 나와 겹치지 않는 타인은 없다

당신을 알기 전까지
삶은 한쪽 바퀴씩 기울게 달려가는 수레여서 죽
어도 나는 못 죽고

처음 없이 긴밀해진 관계 속

출발 없이 도정에 선 화요일의 고요는 골목마다

꽃을 던지고

유리

최선을 다해 깨지고 싶었다

내가 유리창인 걸 그가 알 수 있도록
음이 높은 앵무새를 키웠다

애인은 투명하고 두께를 가지고 깨지기 쉽고
차가운 심장을 갖기 위해 창을 더듬는다

유리창 끝자락엔 깜깜한 밤이 눌어붙어
손금을 문지를 때마다 별이 돋아 땅에 떨어졌다
우린 그런 방식으로 얼마 남지 않은 수명을 즐거
이 탕진했다

아직 빛나고 있을까 우리가 떨군 별들
나는 잊은 체 했고 애인은 정말 잊은 것 같다

그것이 우리 사랑에 틈을 주는 일이라는 걸 주장

하지 않고
　아름다운 실패를 반복하게 했다

　나는 우기에 있고 애인은 또 다른 우기로 건너간다

　사포와 고양이의 혀, 각질이 가득한 여관 시트를
넘어
　유리와 같은 온도의 시체처럼 누워
　안쪽과 바깥은 이어지는 풍경이기를 바라는 마
음을 품은 채

　나는 우기에 있고 애인은 또 다른 우기로 건너간다

　앵무새는 누구의 말도 따라하지 않았다
　무너진 눈시울을 들킬까봐 발끝을 만졌다

손끝

엉겅퀴 피는 계절이면 보랏빛 입술 바르고 건천
에 엎드리고 싶다
가뭄이 할퀴고 간 미소와 마주치고 싶다

독한 설거지물에 손끝이 갈라지던 너는
어두운 복도를 숨죽여 걷다
바늘 쌈지를 삼키고 죽은 유령을 만났다고 말했다

언젠가
어두운 창문 곁에서 발꿈치를 들 때면
누군가 따라하는 것 같은 느낌이 든다고
울먹이던 너를
멀리서 보고만 있었던 일이
두고두고
모래주머니로 명치에 얹히는 것은

지금 내게서 목 쉰 새의 울음이 흘러나오는 이유

네가 접시처럼 웃었다고
흠 없고 무결한 흰 접시처럼 네가 좀 웃었다고
엉겅퀴가 영영 찾아오지 않을 줄 알았던

착각이 여름 가뭄을 부르고
내 육신과 마른 천변을 재보랏빛 군락으로 두르고

아직 산패되지 않은 육신은 손톱 밑의 살 뿐이어서

엉겅퀴 피는 계절이면
갈라진 너의 손가락에 보랏빛 내 손끝을 보태고
싶다

단 하나의 장면을 위해

어딘가에 있겠지만 아무데도 없는

당신은 꽃의 늑막을 당겨 피냄새를 맡아요
돌아갈 수 없는 시초에서 꽃은 태막에 휩싸이네요

화요일에 미뤄 뒀던 일을 시작하려 해요 당신은
충분히 저물지 않았네요 상관없어 도마뱀 꼬리가
몸부림치지만요 버려진 것들은 간단하게 끝나지
않는데 도마뱀은 가 버렸고 구름이 세 번 침을 뱉
어요 그림자도 없이 정오에 시계를 버릴 수 있다면
자오선이 지나는 집에서 함께 살기로 해요 화요일
마다

아무런 잘못 없이도 겨울이 오고

미뤄 뒀던 도마뱀을 경배하려 해요
잿빛 차가 미등도 켜지 않고 달리는 거리에 서서

충분히 착한 모퉁이가 되려고 해요

당신 안엔 어디로 흘러가지도 무엇을 만나지도
못 하는 돌풍이 몰아치네요
여전히 굶거나 결핍되거나 아픈 채로 완벽하네요

한 번도 안 입은 옷을 버리는 순간처럼
단 하나의 장면을 위해 살기로 해요
마당에 고인 고요를 풀어주는 만큼씩만 무너지
기로 해요

누군가 머리를 묶던 끈처럼 이곳에 없기로 해요

슬픔은 양육되어진다

허공은 당신이 이해하는 유일한 물질

깃을 치는 새를 볼 때 새가 날아온다고 말하지
않고
깃털 뭉치를 붙든 저 허공이
이쪽 허공까지 주물러 보낸다고 말하기

힘겹게 걷는 노파를 볼 때 노파가 산책한다고 말
하지 않고
백발과 마스크와 지팡이를 집어 든 허공이
종이인형처럼 옮겨 준다고 말하기

그러므로 온몸이 얼룩점으로 폭격 맞은 개가 썩
은 생선대가리를 물고 쓰레기 분리수거함 뒤로 사
라지는 것은

분리되지 않은 허공이 얼룩점들을 끌어모아

분리되어지는 슬픔 쪽으로 조금씩 흩뿌린다는 뜻 슬픔은

양육되어진다 가만히 골방에 빚쟁이처럼 웅크린 슬픔을 보라

이자를 받아먹고 사는 슬픔이 점점 비대해져 밖으로 나올 수 없게 될 때
사방에 밧줄을 걸고 당겨 집을 뽀개야만 할 때

슬픔 스스로 밧줄을 잡아당기는 것이 아니라
허공이 그만큼 끌어주고 지탱해 주는 거라 말하는 것

부서진 집밖으로 비로소 내가 손바닥을 내밀 수 있는 건
내 손을 꺼낸 허공이 당신 있는 허공 쪽으로 밀어주었기 때문

그림자 아이

그 애가 들어서면 얼굴에 그늘이 져요
웃음소리에 뼈가 들어 달그락거려요

아이가 쭈그리고 앉아 반달을 설거지해요
늘 업어 키워 주던 여자는 이사를 갔어요

여자는 서 있는 행거였다가 의자였다가 군용담
요가 되었죠 등에 닿는 쑥색 모래가 종일 서걱거리
다 어느날 무릎을 잡고 일어서던 날에
여자는 먼지로 뿜어지며 흩어졌어요

그 애가 들어와 내 늑골 사이에 웅크리고 자는
날엔
종일 잔기침이 터져 나와서
나는 행거를 잡았다가 의자에 앉았다가 꺼끄러
운 담요를 뒤집어 써요

여자의 뒤꿈치를 본 적이 있었어요
갈라지고 굳어진 채 먼지를 뿜어내던 달

그림자 아이는 핏물에 녹아 온몸을 떠돌고
나는 빈 늑골을 끌어안고 기다려요
그것이 새인지
회귀를 모르는 물고기인지 모르겠지만

터져 나오는 기침에 섞여
조금씩 내가 먼지로 뿜어지고 있어요

하행 에스컬레이터

직각 위에 서서 빗면으로 흘러내린다

세상에 오기 전 구름 밑에 서명한
약관 내용을 기억할 수 없다
수평 위에 잠깐 서 있던 생각이 나는데

투명 플라스틱 천장 너머 타인의 하늘
날조된 하늘, 티끌 없는 코발트 빛이라니

하루 종일 운 당신의 바닥이 오늘 내 하늘로 떠서

전날의 비를 맞는다
전날의 빗물이 어깨 위로 떨어진다
국경 없는 나라의 지도를 그리며 흩어져 나간다

사라지는 것들이 도달하는 창고엔 언제 적 빗물
이 새고 있을지

흐느껴 우는 당신은
울어서 다시 당신의 바닥을 건설한다
다음에 만날 바닥은 상행이기를
또 다시 하행 에스컬레이터는 아니기를

그러나 나는

끝없이 내려가는 방법으로 수평을 맞추기로 한다
모두와 달콤하게 이별하기로 한다

사랑, 들나귀, 솜사탕
이별은 그런 형태로 오는 것

울며 캄캄하게 떨어져 내린다
국경 없는 나라의 지도를 그리며 오래 흩어지며

사라진 궁전

여기서 보는 폐허는 아름답구나 어쩌다 우리는 무너진 성에 오게 되었을까

그래요 웃음이 꽃상추처럼 빠르게 시들어요 끝을 두어 귀해지기로 했었죠 발을 포기하면 발바닥에 딸려온 숱한 길도 떠나보낼 수 있다고 매 정거장마다 내리던 꽃송이 송이 나는 연결되고 싶은 문이어서 경첩을 찾느라 눈을 깜박이지도 못했는데

당신은 나를 세워주는 기둥이거나 옭아매는 말뚝이거나
비밀의 침실이거나 휑한 방이거나
훼손이거나 갱신이거나

이번 생은 망쳤고 다음 생은 없죠

웃음이 빠르게 증발해요

오래된 벽돌을 쌓아야 할지 무너진 성의 일부가
되어야 할지

답장을 받지 못한 새와 함께 울어요

사라진 궁전이 통째로 별이 되어버린 지점에 서서

| 4부 |

사계似界 — 봄

　나는 결정적으로 들킨다 엘리베이터 거울에 달
라붙어 립스틱을 바르고 있는데 한 무리의 사람이
탔다 그리고 그들 모두가 꺼내 들었다 화약가루가
피어오르는 각자의 립스틱을

제비꽃

비가 온다 비는 서 있는 비

제비꽃은 서 있는 비

비가 온다

조금 주저앉았던 제비꽃이 일어선다

네가 좀 울어도 되는 곳에

제비꽃은 핀다

그쳤다가 다시

비가 온다 제비꽃이 울먹거리다

병신같이 울지 좀 말라고

제 뺨을 멍들게 때리며

주저앉는다

귀신도 흔들리는 저녁

짚고 일어설 난간도 없어서

제비꽃이 젖는다

젖으면서 하염없이 눈동자가 흔들린다

입술에 퍼런 물이 오른다

네가 좀 울어도 되는 자리에

제비꽃이 진다

점심시간

　네가 그 말을 할 때 눈동자에 흐린 성냥불이 펄럭이다 사라졌다 붉은 커튼 아래였다 똑같은 뒷면을 가지고 누운 것들, 골라야 했다 타로카드를 뒤집어야 했다 청록색 모래가 부슬부슬 내리는 모래시계, 윗칸에서 작은 빛이 서성였다

　네가 그 말을 할 때 나는 손가락 끝의 거스러미를 뜯고 있었다 미래를 기다린다는 것 그것은 가만히 침 삼키는 일 신발 속에서 남몰래 엄지발가락을 부비는 일

　미안하지만 나 혼자 고르고 싶어, 네가 힘없이 그 말을 할 때 내 눈은 점점 흘러 촛농처럼 굳어졌다
　나에 대한 카드일까

　미안하지만 나가 줄래 붉은 커튼이 무너질듯 걸려 있었다 검은 연기가 밧줄처럼 똑바로 올라가는

초들이 탁자 한켠에 가득했다 나의 현재는 너의 미래를 결정하는 과거가 되는 걸까 어지러운 태양이 멈추지도 않고 갈 길을 가는 동안 한 숟가락도 삼킬 수 없는 시간을 조금씩 흘려 보냈다

청사과 샤벳

아이의 머리를 땋다 말고 엄마는 팔을 뻗었다 접시에 청사과가 하나 있었다 등이 길고 다리가 껑충하고 아무도 앉지 않는 철제 의자가 있었다 졸음을 물어뜯던 고양이가 꿈 속으로 들어가서 볼 때는 굴뚝새를 때려잡는 느린 오후 의자에 붉은 쿠션을 놓을까 하다가 과도를 집어든다

껍질을 벗기면 사과의 흰자위는 눈동자도 없이 충혈되었다

엄만 생각이 많아서 그래 잽싸게 움직이는 사람의 사과는 변색되지 않는다구요 아이의 목소리가 성대 아래로 새어나가 방광에 고인다 우는 사람은 방광이 부풀어 물고기가 된단다 엄마는 사과를 깎다 말고 소변통을 비운다 웃는 어류는 부레에 숨이 차서 포유류가 되겠네요 아이의 미소는 머리카락이 되어 날마다 까맣게 밀려났다 엄마가 손으로 머

리칼을 쓸어주면 몸은 사라지고 구슬주렴이 발바닥까지 늘어지곤 해요 하지만 나는 나에게 불리한 시나리오를 쓰며 지내고 있죠

낙엽이 나를 보는 관점을 바꾸기 전에는 가을이 오지 말아야 해요

지워도 그 자리에 돋는 독초가 온몸을 휘감았다 엄마는 사과의 과육에 뾰족한 티스푼을 찔러 넣어 검은 눈망울이 보일 때까지 흰자위를 긁어모았다 눈빛에 설탕과 젤라틴을 넣고 굳히면 차갑고 스프링이 가지런한 침대가 등 밑에 펼쳐졌다

우리도 그럴 때가 있잖아요

소외에도 순서가 있었다
장애인 먼저, 그리고 노인과 병자
나는
죽어서 장례식장에 누워 있는 아버지를 질투했다

짐짝을 밀며 절뚝절뚝 화물용 엘리베이터에서
내리면
메마른 뺨 같은 흙부스러기를 껴안고 문장 속을
내달리는
잡초의 군락지들 곳곳에 있었다
계절도 타지 않았다
생육조건이 같다는 이유로 잡초의 군단을 이루
고 있는 나도
아버지
당신도 잡초였습니까
이따금 서광꽃 노을 빛이 물속으로 흘러들었다
나와는 아무 상관도 없는

굴빛이 조금 웃게 만든다지만

이유없이 절실해지는 날은 내가 내 인생의 악역

배우라는 생각

그래서 어쩌면 물 속에 들어앉아

천장이거나 바닥이거나 몸을 빈틈없이 두르는

벽이거나

자루인

흐린 물 속에 들어앉아

당신을 잃었을 때 들려 오던 약한 맥박을

한 번만 다시 느껴 보고 싶다고 중얼거렸다

아버지

아버지는 생쥐였어요

커다란 양철문이 통째로 흔들리는 슬픔이었어요

신의 심방 속엔 칼을 든 낯선 사람이 서 있다는데

타인과의 마주침

그것만이 소외의 전부인데

멀리서 사람이 와요

오네요

나는 찬 비를 맞는 보랏빛 꽃이고

언제나 음식이 나오기 전엔 즐겁게 두 벌의 수저
를 꺼내고

보세요

유리에 손을 짚는다는 건 전폭적으로 뵈지 않는
단단함에 의지하는 것인데

아무도 안 올 거라는 것을 모르는

내가

이 지옥에 몰입하는 이유는

사랑

대체 사랑이 영원한지는 모르겠지만 내가 영원
하지 못 해서

나이 든 오늘이 젊은 어제를 죽이는 시간입니다

왼쪽 다리가 오른쪽 다리를 무너뜨리는 나날입

니다

우리도 그럴 때가 있잖아요

아침의 푸른 눈 안쪽에 덫을 설치해 두고
산다는 게 얼마나 아픈 일인지 손목을 물려 볼
때가 말입니다

희망

꽃 핀 데와 땅 사이의 거리는
꽃 지는 동안의 시간과
같다

벚꽃이 떨어진다
쥐었던 것 다 놓고
떨어지는 동안

오, 제길

그것은 상승하기도 한다

꽃이라는 말이 사라지면

어머니라는 말도
소쿠리와 굴뚝
너른 들판이라는 말도
사라지겠지

발파와 터널
벌 나비라는 말도 사라지겠지

꽃이라는 말이 사라지면
옷이라는 말도
패션쇼와 연예인과
가상현실이란 말도 사라지겠지

총과 맹세
집값이란 말도 사라지고
그리고 맨 나중에 태초라는 말이 사라지겠지

1004는 블랙바이크를 탄다

가만히 앉아 응달에 핀 꽃을 들여다본 적이 있나요
썩어 들어가는 꽃잎, 벌레를 끌어들이는 상처를

자, 그 꽃을 뿌리째 뽑아 던져 버립시다

골목을 뺏긴 고양이가 부러진 발톱으로 온몸을
지탱하는
　우주 아파트
　바람도 찢어져 곳곳에 펄럭거린다

엊그제 출소한 사내가 돼지색 잠바를 입고 10층
복도로 나선다
　904호와 1104호 사이 그가 세 든 집은
　부서질 것 같은 순간의 한 칸이다

이 칸에 들어가야 하는 사람
이 칸을 빠져나올 수 있는 사람

독주를 마시지 않고는 대화할 수 없는 사람끼리
칼을 휘둘렀다 깔끔하게 인생을 때려치운 관계에서
인생이란 심부름 이상이라 정의할 수 없다 우리는
너의 거스름돈인가, 울부짖는 목소리, 우리가 알지
못 하는 골목으로 옮겨지는 게 유일한 소망이야

　　이 칸에 들어간 사람의 평화를 위해
　　이 칸을 빠져나와야만 하는 사람

　　사내는 여러 사람의 눈동자로 분열된다 빠른 맥
박의 노래를 들으며
　　손이 기억하는 너무 많은 행위들을 덮는다
　　블랙 라이더 장갑을 낀다
　　우주를 벗어나 먼지 속으로 질주한다

　　이 밤이 지나면 또 다시 불을 엎지르며 태양이
뜰 테죠

미래는 바뀌지 않습니다 바뀝니다 모르겠습니다
도착하지 않아요
　　그냥 영원히 오는 중인 거예요

개를 데리고 떠나는 여자에 대한 소묘

메리는 −4 콤마 −8 자리에서 태어났고
한 번도 좌표평면을 벗어난 적 없고
뜬장 위를 걷느라 지금

발바닥이 +6 콤마 0으로 이동한다

당신은 침을 삼킨다
눈높이에서 끝없이 펼쳐지는 바닥

0콤마 0의 위치에
물그릇을 얹어 준다

쉿, 너를 훔치러 왔어 나는 개 짖는 소리고 연습
으로 완성할 수 없단다 서걱서걱 초승달로 이 집을
베어 버릴게 오, 수직선을 찢는 끝 모를 사선처럼
떠나자 당신은 황록색 눈곱이 고인 흐릿한 눈으로
메리를 만진다 결절이 두두두 돋은 팔꿈치로 철망

을 누른다 누렇게 휘어진 송곳니로 싸한 공기를 물
어뜯는다 차츰차츰 개집에 들어가는 메마른 얼굴

　바람이 분다 쥐똥나무 꽃 그림자가 땅을 뒤흔든다
메리가 점점 기울어진다
　발가락 사이에 바람이 생겨난다 둘 다 짐승처럼
뛴다

　당신의 아름다움은 그 몸에 갇히지 않고 세상에
편재하느라 당신이 갖지 못하고

　그날 밤은 무슨 짓을 해도 이상해지지가 않았다

생일선물

달아나라 최대한 빨리
그래도 늦을 거야

너의 목에 소금 목걸이를 걸어 주었다

달리다 지치면 이걸 핥아
다음 생일엔 사슴 농장을 선물해 줄게

(어려울 거야
뿔이 잘려지고 다시 만난다는 건)

네 생각이 그렇다면 그런 거겠지
너는 나의 판단의 근원
예감
그리고 이 순간 너는
손이 미끄러지는 문고리
너머의 빈 방

어서 달아나

삼나무 어깨 위 검은 달이 숫돌에 물을 끼얹는
사이
하얀 시내는 검푸르게 휘어진 칼날이 되고
어느새 알게 된 핏빛 비밀처럼 뿔은
베어지고 말겠지만

나는 네가 여기 살았다는 유일한 증거
변론
멈출 수 없는 탄원
그리고 멀리 사라져 가는 너는
이 마을 모두가 뒤를 쫓는 현상수배자

잡히는 순간
다음 번 내 생일이 사라져 버리는

내가 앉았던 자리에 대한 예의

플라스틱 의자 네 개가 무릎을 붙이고 앉아 국화
꽃 화분을 내려다 본다
오월이라서 무성한 잎사귀만 있고
아치형 철제기둥엔 녹꽃이 너댓 무더기 피어있다

아무것도 미동하지 않았다 수면은 손바닥으로
깎아낸 한 됫박의 곡식 같았다 바람도 스치지 않았
고 그림자도 없었다 물은 물인 채 부풀고자 했으나
아직은 아니었다

녹슨 함석 담장 옆으로 모래가 쌓여 있었다
첫삽을 뜬다면 얼마만큼 파일까

사람이 서 있는 자리마다 길이 갈라지고 있었다

줄일 수 있는 데까지 볼륨을 낮추며

내가 앉았던 자리를 위해 오늘은 아무도 생각하
지 않기로 한다

시작詩作이라는 헛수고

아침이 오기 전 나에게 묻는다. 오늘도 절망에 투신할 수 있나. 문장 밑으로 떼 지어 달려가는 들소들을 맨몸으로 끌어안는 일에 또다시 실패해도 괜찮나. 묻는 나와 대답해야 하는 나 사이 들숨날숨이 격렬해진다.

종로1가에 간다. 할 일이 너무 많은 날에도 할 일 없는 날에도 간다. 늘 같은 자리에 서 있으면 천천히 다가오는, 이 세계에 없는 사람들. 이 자리에서 먼 옛날 한 포로가 가죽끈으로 묶인 데를 앓다 죽었고, 피난 가던 사람들이 금반지로 밥을 바꿔 먹었고, 모든 조건을 빠짐없이 갖춘 연인이 결혼하기로 했고, 스물 몇 살의 내가 불합격 통지를 받고,

아무도 받지 않는 전화를 당신이 걸고 있다. 나는 그 옆에 서서 메모지를 펼친다. 소리를 못 내는 당신으로부터 미래의 전설을 전해 듣고 받아적는다.

모자에 손을 얹는 순간 그 밑으로 그림자 지는 당신처럼, 종로1가는 아무와도 눈 맞출 수 없는 거리이다.

아무래도 헛수고에 대해 고민하다 보면 자연히 시지프스 신화를 생각하게 된다. 시지프스는 트로이목마를 고안해 낸 오디세우스의 생부라는 설이 있다. 둘 다 꾀 많은 인물이니 그럴듯하다. 시지프스는 대범하다. 죽음의 신을 속였다. 그 대가로 산 정상 부근까지 바위를 밀어 올렸다가, 바위가 굴러 떨어지면 그것을 다시 또 다시 끝없이 밀어 올리는 형벌을 받았다.

1942년, 알베르 카뮈는 『시지프의 신화』에서 '행복한 시지프스'의 이미지를 제시했다. '감당하기 벅찬 짐이지만 중력을 거스르면서 끝끝내 밀어 올린다'는 이 서사를 주목해 봤을 때, 그의 삶이 과연

형벌이거나 헛수고일 뿐이냐는 것이다. 카뮈의 관점은 그날이 그날 같을 뿐이고 일평생 일해야 겨우 먹고 살 수 있는 사람들에게 있어 새롭고도 전복적인 사유였을 것이다.

나는 시지프스가 산의 정상에 바위를 올려놓은 적이 단 한 번도 없었다는 점에 주목한다. 정상 부근에서 미끄러지는 바위. 결코 이루어질 수 없는 목표.

꼭대기, 그리고 꼭대기 근처의 바위가 미끄러지는 자리. 그 두 지점의 거리 만큼을 '존재와 시적 사유의 간격'이라고 하자. 다시 꼭대기에 컴퍼스의 침을 꽂은 다음, '두 지점의 거리' 만큼 반지름을 돌려 원을 그려내면 詩의 영토가 완성되고, 詩의 영토를 바라보는 시지프스가 시인이다. 시인은 간격이나 틈과 같은 1, 2차원 세계에서 살며 3차원의 중력을 거스르는 존재다. 그러므로 언제나 비껴간다. 현실적인 시각으로 보았을 때 헛수고하는 족속이다.

삶은 詩作은 헛수고일까.

제가 사라졌던 바로 그 지하에서 쿵쿵 존재를 울리며 달려오는 열차들.

열차는 4분 뒤에 또 온다. 그러나 나는 매번 열차를 타기 위해 지독히도 서두른다. 왜 절박한지 왜 다음 순간을 기다릴 줄 모르는지. 알 수 없다. 알지 못하는 채로 먼 데 시선을 두면 죽어가는 누군가의 간절함이 조금 전까지 내가 서 있던 자리에 뭉쳐 있곤 했다. 그곳에 마음을 둔 채 지하로 내려가기. 종로1가는 그렇게 멀어지고 그렇게 남겨진다.

하루는, 순수와 악이 같은 무게로 만나 서로에게 조금씩 자신을 던지는 일의 반복. 참 흥미진진한 고요다. 나는 또 메모지를 꺼낸다. 오늘을 살지 말고 '어느 날'을 살기. 그리고 헛수고하는 자신에 대해 놀라지 않기. 남이 읽어도 좋을 정도의 일기란 세상에 없다. 가장 부끄러운 비밀을 진한 심으로 채워 나간다. 그것이 시가 아닐까, 라고 적어 보았다가 지우고는 다시 어두운 생각의 계단을 내려간다. 백짓장처럼 서 있는 문을 밀면 언제나 문장 밑을 떼 지어 달려가는 들소 떼가 있다.

2020년 1월 15일 초판 1쇄

지은이 | 최세라
펴낸이 | 강현국
펴낸곳 | 도서출판 시와반시

등록 | 2011년 10월 21일 (제25100-2011-000034호)
주소 | 대구광역시 수성구 지산로 14길 83, 101-2408호
대표전화 | 053)654-0027
팩스 | 053)622-0377
E-mail | khguk92@hanmail.net

ISBN 978-89-8345-066-1 03800

*잘못 만들어진 책은 바꾸어 드립니다.

*이 도서의 국립중앙도서관 출판예정도서목록(CIP)은 서지정보유
통지원시스템 홈페이지(http://seoji.nl.go.kr)와 국가자료종합목록
구축시스템(http://kolis-net.nl.go.kr)에서 이용하실 수 있습니다.
(CIP제어번호 : CIP2019052953)